AF298808

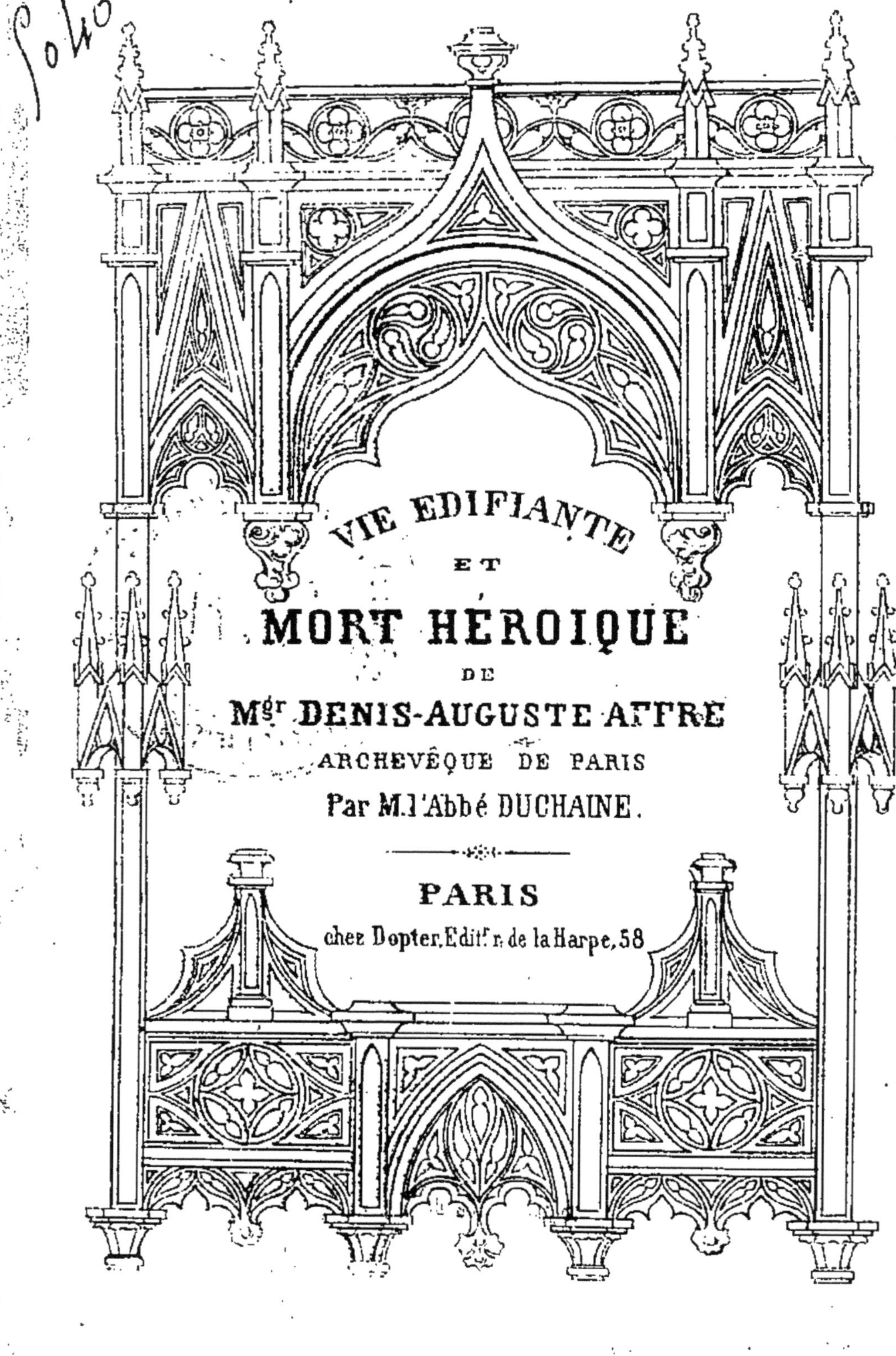

VIE EDIFIANTE
ET
MORT HÉROIQUE
DE
Mgr DENIS-AUGUSTE AFFRE
ARCHEVÊQUE DE PARIS
Par M. l'Abbé DUCHAINE.
PARIS
chez Dopter, Edit.r de la Harpe, 58

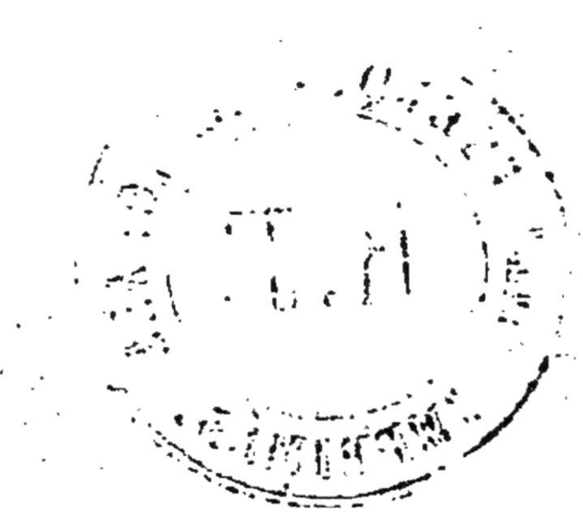

Dopter   à Paris.

Le bon Pasteur donne sa vie pour ses Brebis.

à Paris, chez DOPTER, Éditeur, rue de la Harpe, 58. — Déposé

VIE ÉDIFIANTE

ET

MORT HÉROÏQUE

DE

Monseigneur DENIS-AUGUSTE AFFRE

ARCHEVÊQUE DE PARIS

Par M. l'Abbé DUCHAINE

ANCIEN CURÉ DU DIOCÈSE DE PARIS

Chanoine honoraire.

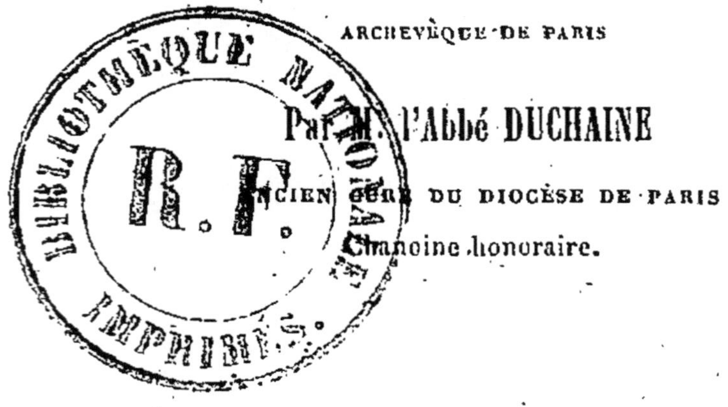

PARIS

CHEZ DOPTER, ÉDITEUR,

RUE DE LA HARPE, 58.

1848

VIE ÉDIFIANTE

ET

MORT HÉROÏQUE

DE

De Monseigneur Denis-Auguste AFFRE

ARCHEVÊQUE DE PARIS.

VIE ÉDIFIANTE.

L'Église de Paris compte un martyr de plus ; monseigneur Denis-Auguste Affre, son illustre pontife, a donné généreusement sa vie pour son peuple. A la nouvelle de ce sublime dévouement, la cité, la patrie, l'Église, veuve d'un si grand pasteur, ont tressailli d'un inexprimable sentiment de douleur et d'admiration. L'Assemblée souveraine des représentants du peuple s'est empressée de décerner un hommage solennel à la mémoire du grand pontife que nous pleurons, en décrétant : « L'Assemblée nationale regarde comme un devoir de proclamer ses sentiments de religieuse reconnaissance et de douleur publique pour le dévouement et la mort saintement héroïque de Mgr. l'archevêque de Paris. » Pour nous, nous sommes heureux de répondre à l'avide et légitime curiosité des fidèles en offrant à leur piété l'esquisse de la vie et de la mort du saint prélat.

Denis-Auguste Affre naquit à Lavaur, département du Tarn, le 26 septembre 1793, d'une famille honorable ; frère de M. Affre, représentant du peuple, neveu de l'abbé Boyer, célèbre théologien, de la société de Saint-Sulpice, il était aussi parent de M. Frayssinous, évêque d'Hermopolis, ancien ministre de l'Instruction publique. Placé dès ses jeunes années au collége de Saint-Affrique, il s'y distingua par de rapides progrès, et vint à Issy, à l'âge de 15 ans, étudier la philosophie.

En 1811, époque de la mort du vénérable M. Émery, supérieur général de Saint-Sulpice, M. Affre, à peine âgé de 18 ans, donna une preuve éclatante de son talent, en prononçant devant la communauté de Saint-Sulpice l'éloge du supérieur qu'elle venait de perdre. Les touchantes paroles du jeune séminariste firent sur ses auditeurs une vive et profonde impression.

Après son ordination, qui eut lieu à Saint-Sulpice, le 16 mai 1818, malgré son vif désir de rester à Paris, il fut obligé d'aller à Viviers, revint ensuite à Paris, d'où il se rendit à Nantes pour y professer la philosophie ; il quitta le séminaire de cette ville pour entrer dans la congrégation de Saint-Sulpice, où il professa avec distinction la théologie. Les fatigues de l'enseignement l'obligèrent à quitter Paris. A **27** ans, il fut nommé, en **1821**, vicaire général de Luçon et à **29** ans, en **1823**, il fut appelé par M. de Chabons, évêque d'Amiens, vieux et infirme, à le seconder dans l'administration de son diocèse; il remplit cette tâche difficile, pendant dix ans, avec autant d'intelligence que de piété.

L'ex-roi Louis-Philippe, passant par Amiens, en l'absence de M. de Chabons, M. Affre fut chargé de le complimenter. Son discours, remarquable par un noble esprit d'indépendance, mérite d'être cité : « En visitant cette province, vous exercez, prince, une des plus nobles missions. Vous vous enquérez de tous les besoins, vous écoutez l'expression de tous les vœux. Le clergé de ce diocèse ne vous exprimera qu'un seul désir, celui d'exercer avec une sainte liberté un ministère qui n'est pas sans influence sur le bonheur de cette contrée. Faire respecter les mœurs, inspirer la modération des désirs, calmer les haines privées, telle est une partie importante de notre mission, et c'est aussi le seul dévouement que vous puissiez réclamer de nous. Nous serions plus que récompensés de nos efforts, si la droiture de nos intentions était universellement reconnue, et surtout si nos travaux ne demeuraient pas sans succès. »

En 1832 il vint se fixer à Paris, pour ne plus quitter cette ville, où il allait commencer une nouvelle et brillante carrière. M. de Quélen, juste appréciateur du mérite, nomma M. Affre vicaire général et chanoine titulaire de Notre-Dame.

Dans ces nouvelles fonctions, il mit à profit une expérience que dix années de dévouement, d'activité et de zèle lui avaient acquise à Amiens. Il se distingua dans le conseil de l'archevêque de Paris, par la sagesse de ses vues et la droiture de son jugement, et consacra ses moments de loisir à de savants et judicieux articles insérés dans l'*Ami de la religion.*

Doué d'une haute intelligence et d'une rare activité d'esprit, M. Affre partageait tout son temps entre les soins de l'administration et l'étude. Il publia successivement son traité sur l'*Administration temporelle des paroisses;* son livre sur *la Propriété des biens ecclésiastiques;* un *Traité des écoles primaires,* et un *Essai sur les hiéroglyphes égyptiens.*

L'église de Paris ayant eu la douleur de perdre son vénérable archevêque, M. de Quélen, M. Affre, qui avait déjà été demandé pour coadjuteur par M. l'évêque de Strasbonrg, fut nommé au siége archiépiscopal de Paris en 1840. Il fut sacré dans son église métropolitaine, le 10 août, par Son Éminence M. le cardinal d'Arras. M. Affre se prépara à la consécration épiscopale avec une ferveur remarquable, et, dès le jour de son sacre, le clergé et les nombreux fidèles qui assistaient à cette imposante cérémonie reconnurent, dans son recueillement et dans sa tendre piété, les marques non équivoques qui promettaient à l'église de Paris un saint pontife.

Lorsque le prélat eut pris les rênes de l'administration, on reconnut bientôt en lui trois dons précieux : une haute intelligence, un caractère énergique, un grand amour de la vérité. Dans la vie intime, il se montrait plein de simplicité et de bonté, et manifestait en toutes choses une grande loyauté et une rare franchise. Dans sa vie publique, il demeura étranger à tous les partis, afin de rester dans la vérité.

Bientôt il répandit dans de nombreux écrits les trésors de sa science : il s'attacha particulièrement à combattre les enseignements erronés d'une fausse philosophie, dans son *Introduction à l'étude de la Philosophie chrétienne*. Sa plume ferme, mâle et savante, traça, dans ses *Lettres pastorales*, les plus hauts enseignements. Il rétablit les conférences ecclésiastiques, pour entretenir parmi le clergé une pieuse émulation et le goût de l'étude. Le mandement qu'il publia à cette occasion peut être considéré comme un monument de sa science et de son zèle; il a été traduit en plusieurs langues. Par ses soins de nouvelles paroisses furent créées dans son diocèse,

dès œuvres de charité se formèrent et s'accrurent,
de vastes établissements furent ouverts pour les dif-
férents besoins des fidèles. Un magnifique local reçut les élèves du petit séminaire, la maison des
carmes fut achetée et consacrée à l'établissement des
prêtres auxiliaires, réunis en communauté. Là le
digne prélat venait encourager les études des jeunes
lévites; là le pieux pontife qui devait bientôt être le
martyr de la charité, aimait à se recueuillir et à mé-
diter, devant cette célèbre chapelle, où, un demi-siècle
auparavant, tant de saints prêtres avaient versé leur
sang pour la religion et la foi chrétienne. Ayant été à
même d'observer la conduite du prélat dans des affaires
très-délicates, nous sommes heureux de pouvoir rendre
un public et sincère hommage à la droiture de ses intentions et à la noblesse de son caractère. Nous signa-
lerons ici quelques traits qui lui sont propres : doué
d'un esprit mûr et d'un jugement solide, l'illustre
archevêque de Paris a montré dans le gouvernement
de son diocèse beaucoup de prudence, de modération
et de fermeté, il ne se laissait point prévenir par ceux
qui lui parlaient les premiers, ni gagner par ceux qui
venaient ensuite ; mais il pesait plutôt les raisons que
le titre des personnes qui lui parlaient, il se faisait un
devoir rigoureux de ne juger qu'avec équité, il s'é-
tudiait à tenir un juste milieu entre un excès de
douceur et un excès de sévérité, il aimait les ecclé-

siastiques qui savaient remplir leur devoir, il se délassait des travaux de la charge pastorale dans la lecture des livres saints et des Pères de l'Église, il fuyait les études simplement curieuses, qui n'avaient aucun rapport aux fonctions du saint ministère, et en ce point, il imita saint Charles et les évêques les plus pieux.

Ses nobles sentiments se développent dès sa première lettre pastorale ; il y rappelle d'abord l'état obscur d'où le Seigneur l'a tiré pour le faire asseoir avec les princes de l'Église ; il exprime ensuite la crainte dont sont cœur est pénétré à la vue des dangers qui accompagnent ce haut rang, la sainteté des prélats qui l'ont gouverné, et les sentiments que son humilité lui inspire sont les motifs de sa juste méfiance ; il ne voit de ressource pour lui que dans l'assistance divine et la coopération des membres de son clergé, dont il relève la piété et le mérite ; il espère néanmoins que la charité paternelle qu'il ressent à l'égard de son peuple lui tiendra lieu des vertus qui lui manquent : tel fut l'homme, tel fut le pontife. Possédant à un degré éminent l'esprit de charité, il n'a prononcé après la révolution de Février que des paroles propres à la modérer et à la contenir, puis, quand il a vu éclater la guerre civile, des frères armés contre des frères, il a pensé que l'heure était venue de s'interposer au péril de sa vie, il a dit ces belles paroles : « *Le bon pasteur donne sa vie pour ses brebis,* et il est parti obéissant à ce noble et saint devoir.

MORT HÉROIQUE

DE

MONSEIGNEUR L'ARCHEVÊQUE DE PARIS

Depuis plusieurs jours la guerre civile avait éclaté dans Paris; le canon grondait partout; les bons citoyens combattaient pour la patrie en danger; c'est au milieu de ces tristes circonstances que Monseigneur l'archevêque de Paris se rendit spontanément auprès du général Cavaignac, chef du pouvoir exécutif, à l'hôtel de la présidence, pour l'informer qu'il se proposait d'aller au milieu des insurgés porter des paroles de paix, afin d'arrêter l'effusion du sang.

Le général reçut le prélat avec des marques d'une vive émotion et lui répondit qu'il ne pouvait prendre sur lui de donner un conseil en de telles conjonctures;

que cette démarche était très-périlleuse, mais qu'il ne doutait pas que la population de Paris n'en fût vivement émue et pleine de reconnaissance.

M. l'archevêque annonça aussitôt que sa résolution était prise et qu'il avait offert à Dieu le sacrifice de sa vie. Il rentra à l'Archevêché et en sortit dans la soirée, accompagné de deux vicaires généraux, MM. Jacquemet et Ravinet; au moment où le combat semblait devoir se prolonger encore, il s'achemina vers la Bastille, par la rue Saint-Antoine, il reçut partout sur son passage des témoignages de respect et d'admiration, c'était à qui l'environnerait et se précipiterait à ses genoux : hommes, femmes, enfants, citoyens, soldats, tout le monde bénissait son courage et son dévouement. Au milieu de l'émotion universelle, il était calme, répandant ses bénédictions sur les blessés, priant pour les morts, et demandant à Dieu de fléchir le cœur de ceux qui combattaient en ce moment avec acharnement. Plus il approchait de l'arène du combat, plus il répétait avec calme ces divines paroles : *Le bon pasteur donne sa vie pour ses brebis.* A son arrivée, le feu s'arrêta presqu'en même temps dans les deux camps; un seul homme vêtu d'une blouse, le précédait portant une branche d'arbre à la main, en signe de paix. Aussitôt que les insurgés l'aperçurent ils se montrèrent sur leurs barricades, en élevant en l'air les crosses de fusil, pour montrer qu'ils consentaient à parlementer. Le saint archevêque est en face des hommes égarés, il élève la main et commande le silence; des paroles de conciliation sont prononcées par le prélat, de la manière la plus touchante; les insurgés, de leur côté, semblent prêter une oreille attentive à la voix de leur pasteur; on commençait à espérer lorsqu'il tombe frappé d'une balle meurtrière et est emporté tout sanglant. Ce coup terrible partit d'une fenêtre qui dominait la scène du combat, et Dieu a permis que la main coupable qui avait commis ce grand crime restât inconnue. Toutefois la justice nous oblige à dire ici que les insurgés montrèrent par de vifs regrets combien ils étaient affligés de ce cruel événement. Ils demandèrent une déclaration constatant que le coup fatal n'était pas venu de leur côté; ce témoignage honorable leur fut accordé et ils y parurent très-sensibles.

En ce moment ce triste spectacle devint déchirant, les plus endurcis parurent touchés du dévouement et de la mort héroïque de l'Archevêque, ils lui prodiguèrent des soins empressés et le transportèrent sur une civière à l'hospice des Quinze-Vingts, où ils se chargèrent de veiller à sa sûreté.

Dieu ne permit pas que sa blessure mortelle lui arrachât soudainement la vie. Il voulut nous conserver les dernières paroles et les derniers exemples du saint pasteur, pour que le sacrifice fût plus utile à tous. Ce fut alors qu'on l'entendit proférer des paroles de résignation et de paix.

Il offrait sa vie pour le salut de son peuple, il demandait à Dieu que son sang fût le dernier versé, son vœu fut exaucé : peu de temps après sa blessure, le combat avait cessé.

Cependant il se recueillit, il reçut avec une foi vive les derniers sacrements. Vers les trois heures, il fut ensuite transporté à l'Archevêché. Pendant la route, il était escorté par de jeunes gardes mobiles. La physionomie d'un de ces courageux enfants du peuple l'avait frappé ; il l'avait vu combattre et arracher un sabre à son ennemi, après en avoir reçu des blessures à la tête ; il le fait approcher, et prenant une croix de bois surmontée d'un crucifix et suspendue à un collier noir, il la remet au jeune héros en lui disant : *Ne quitte pas cette croix, mets-la sur ton cœur, cela te portera bonheur.* François de Lavrignère, appartenant à la 7e compagnie du 4e bataillon de la garde mobile, la reçut les mains jointes, dans l'attitude du respect et de la prière, et promit de conserver ce pieux souvenir du prélat mourant.

Le 27 juin, dans la matinée, les forces abandonnèrent le malade, il prononça ces dernières paroles : *Je meurs, mais je suis heureux si mon sang est le dernier qui soit versé !* Sa voix s'éteignit alors, à deux

heures il entra dans une agonie douce et exempte de
convulsions ; à quatre heures un quart il avait cessé de
vivre. Le vendredi 7 juillet, le saint archevêque, après
avoir été exposé pendant dix jours dans une chapelle
ardente, la face découverte et revêtu de ses habits
pontificaux, a été inhumé dans les caveaux de Notre-
Dame de Paris. L'Archevêque a voulu être enterré
comme il avait vécu, dans une grande simplicité. La
foule était immense et recueillie ; le deuil était général.

Dispositions testamentaires du Prélat.

Il lègue à sa famille sa fortune particulière, qui est
peu considérable.

Il donne au diocèse, pour acquitter le prix de bonnes œuvres, sa chapelle, ses ornements, et autres
objets précieux.

Il fait don à la maison des *prêtres auxiliaires des
Carmes*, de sa maison de campagne de Saint-Germain.
Enfin il ordonne de déposer son cœur à l'établisse-
ment des Carmes, dont il fut le fondateur.

Réflexions.

L'Esprit saint, par la bouche de Salomon, nous fait

connaître quel espoir et quelles récompenses sont réservées aux Justes et à ceux qui sont morts victimes de leur charité, en se dévouant pour la bonne cause: « S'ils ont enduré des tourments, dit-il, en présence des hommes, leur espérance est pleine d'immortalité, et, après avoir passé par quelques tribulations, ils seront placés dans un abîme de délices, parce que Dieu les a éprouvés et trouvés dignes de lui ; il les a éprouvés comme le feu éprouve l'or. » Et encore : « Heureux les hommes irréprochables dans leurs voies, et qui marchent dans la voie du Seigneur ! Heureux ceux qui méditent ses ordonnances, et les cherchent de tout leur cœur ! » Enfin, le Sauveur lui-même, le Rémunérateur de nos souffrances, dit dans son Évangile : « Heureux ceux qui auront souffert persécution pour la justice, parce que le royaume des cieux leur appartient. »

Eh bien donc ! quel homme, quel chrétien ne ferait pas tous ses efforts pour parvenir à tant de gloire, pour devenir l'ami de Dieu, se réjouir avec Jésus-Christ et recevoir les récompenses du ciel, après avoir passé sur la terre par l'épreuve ? S'il est glorieux aux soldats du siècle de rentrer triomphants dans leurs foyers, après avoir terrassé leurs ennemis, combien n'est-il pas plus glorieux encore de rentrer en triomphe dans le paradis, après avoir fait le sacrifice de sa vie pour ses frères. Quel bonheur et quelle gloire de sortir du siècle avec joie, de sortir tout rayonnant de splendeur du milieu des ténèbres de la mort ; de fermer un instant les yeux qui ne voient que le monde et les hommes, et de les ouvrir aussitôt pour contempler Jésus-Christ dans le séjour de la gloire, en admirant le dévoûment saintement héroïque de l'archevêque de Paris, demandons à Dieu de nous faire aussi goûter les fruits délicieux de la charité.

Prière pour demander la Paix.

O Dieu ! qui êtes l'auteur des saints désirs, des justes desseins et des bonnes actions, donnez à vos serviteurs cette paix que le monde ne peut donner, afin que nous jouissions, sous votre protection, d'une heureuse tranquillité, tout le cours de notre vie : Ainsi soit-il.

Paris.—Imp. Lacrampe et Fertiaux, rue Damiette, 2.

JMJ